Andersen

www.andersen-editions.com

Collection *Confidences*
dirigée par Olivier Larizza

Kathédrali

DU MÊME AUTEUR

POÉSIE :

Décembre difficile, Méru, Belladone, 2017.

Cœur qui comme le mien ira décoloré parmi les fleurs, Bordeaux, Les Vanneaux, 2016.

Décorateurs de l'agonie, Strasbourg, Bf, 2013 (traduit en italien).

Bonheurs d'Olivier Larizza, Montreuil-sur-Brêche, Les Vanneaux, 2011.

Trésor d'Olivier Larizza, Montreuil-sur-Brêche, Les Vanneaux, 2008.

C'est ici le pays de Larizza, Strasbourg, Bf, 2003.

Oh dites-moi si l'Ici-Bas sombrera, Paris & Orbey, Arfuyen, 2002.

Poëmes de la noirceur de l'Occident, Strasbourg, Bf, 1998.

Requiem sur l'Europe à son lit de mort, Paris, Saint-Germain-des-Prés, 1983.

La Résurrection alsacienne, Paris, Saint-Germain-des-Prés, 1977.

L'Été l'éternité, Paris, Chambelland, 1970.

PROSE :

Les Charmes de Baden-Baden, Paris, Andersen, 2015 (avec Gérard de Nerval et Olivier Larizza).

Manoir des mélancolies, Paris, Andersen, 2014 (traduit en italien).

Rêveries d'un promeneur strasbourgeois, Strasbourg, La Nuée Bleue, 2001.

Mon cœur flotte sur Strasbourg comme une rose rose, Strasbourg, Bf, 1988 (adapté au théâtre par Raymond Minni).

Journal du fiancé, Paris, Le Cherche Midi, 1985.

Lettre au jeune Fabien sur les douleurs de notre temps, Strasbourg, 1979.

Théâtre :

Le Sacrifice de Jean Lumière contre Fessenheim-Hiroshima,
    Strasbourg, 1977.

Un ouvrage a été consacré par Mathieu Jung à l'œuvre d'avant
la maturité de Jean-Paul Klée (Les Vanneaux, 2018). Le vidéaste
Bertrand Fritsch a filmé ces dernières années la plupart des lectures
publiques de l'auteur à Strasbourg (à visionner sur le site internet
Vimeo). Jean-Paul a aussi lu au Luxembourg, à Paris (Maison de
la Poésie), Lyon (École normale supérieure), Bruxelles, Mayence,
Fribourg, Nantes, Bordeaux, Nancy, Metz, Montmeyan, etc.

Jean-Paul Klée

Kathédrali

Préface d'Olivier Larizza

Andersen

Paris

Illustration de couverture :
Grande rose de la cathédrale de Strasbourg

Conception graphique :
© Andersen

Photo de l'auteur :
© Reha Yünlüel

ISBN 979-10-95679-20-2
ISSN 2417-3916

Préface à une fantaisie-miracle

Parmi ces hommes qui ont voulu toucher le ciel et se hisser à la hauteur d'un dieu, il y eut les bâtisseurs de Notre-Dame de Strasbourg. Pendant près de deux siècles et jusqu'en 1439, ils édifièrent à coups de burin et de folie le plus haut monument du monde. Prodige d'invention, de puissance & de grâce rose qu'il faut voir pour le croire et dont aucun mot ne pourrait jamais rendre compte...

Voilà pourquoi le poème qui va se dérouler sous vos yeux est l'un des plus ahurissants jamais composés. Même en remontant très loin, jusqu'au Temple de George Herbert, le grand métaphysique anglais qui en 1633 laissa sur son lit de mort cet unique chef-d'œuvre, même en fouillant du côté de Goethe, Hugo ou Paul Claudel, dont jamais les formats n'englobèrent tout à fait la religieuse hyperbole de pierre, même donc en osant les rapprochements les plus audacieux, on ne parviendrait pas à comparer ce Kathédrali de Jean-Paul Klée.

Car Jean-Paul Klée est Jean-Paul Klée. Un poète mal fagoté un peu lunaire qui se promène depuis toujours dans les rues de son Strasbourg (où il naquit en 1943), et qui un matin orageux de l'été 2015 fut frappé par l'éclair et se mit à vouloir mettre en mots l'impossible. Il s'attabla avec un chocolat chaud à l'une des terrasses touristiques au pied de l'immense cathédrale, et ne se releva que lorsque l'orage étant passé il n'y avait plus sur la page qu'un arc-en-ciel de 1688 vers, soit l'équivalent d'une tragédie de Racine ou d'une pièce courte de Shakespeare.

Or l'arc-en-ciel brillait de mille feux. On y voyait une moisson de vitraux fabuleux et de fantasmes inouïs — blonds ou verdis, bleus d'azur & roses bien sûr comme le grès des Vosges des statues. On y voyait aussi la noirceur de l'Occident qui a tant occis, et la politique corrompue, la menace nucléaire, les pauvres qui sont perdus, tous les chevaux de bataille de Klée-le-prophète qui galopent à toute allure vers l'Apocalypse…

Mais heureusement ce n'est pas encore la nuit des temps ni le jour du Jugement dernier. Ce poème nous rédimera-t-il ? Lisez-le. Laissez-vous troubler par la visite de cette cathédrale virtuelle, sorte de Palais idéal — curieux & merveilleux bric-à-brac d'un architecte follement inspiré. Appréciez son infinie variété, ses bizarreries baroques, ses drôleries gothiques, la vibration du plus infime vitrail et de la plus géniale ferveur. Celle aussi bien sûr de la mystique (catholique) et du cœur d'un homme qui, à l'image d'un Wordsworth, écrit de la poésie pour parler aux hommes.

Olivier Larizza[*]
le 27 mai 2018

---

[*] Olivier Larizza est chercheur en littérature anglaise et professeur à l'Université de Toulon. Il est aussi écrivain.

*à Antoine Gallimard
et à François Wolfermann*

Ô voyageur…

vous arriviez oh voyageur que déjà les
années lourdiraient le soir à 18 heures &
le temps gris ne chauffait ni le cœur ni la peau
& mon ami Olivier demeurait lui aussi à
Strasbouri d'impériale mémory oh l'idéa-
le cité parfumée *d'angélisme* &
je ne sais plus si chrétienté rimait alors
avec bonheur (sainteté) aussi la bonté?…
ah brigandages si confus massacrés qui
par millions engraissèrent le sol qu'à l'entour

---

il y avait!… Ce soir-là j'étais assis là,
au pié de l'énormité nommée KATHÉ-
DRALI (pas de soleil ni d'eau pluvi-
euse qui mouillerait notre dos) J'ai longé
le portail St-Laurent (on y voit que le
martyriat plaisait mille fois aux bourreaux &
Laurent lui-même savourait sa propre mort,
comme si c'était glorias & *volupté*?…)
ils ont l'air vachement contents & les assa-
ssins & aussi l'assassiné!!!… *Oh dieux du ciel,*

vous n'interveniez pas & ce n'est pas à
Waterloo ni Frœschwiller ni Verdun ni à
TREBLINKA *qu'on vous entendit*?… l'oreille n'y kap-
ta le moindre murmuré Vous vous y
taisiez (peut-être pensant) «cela n'a pas
d'intérêt : ils n'ont qu'à se
crêper le chignon Se bouffer tout crus & le
CIEL n'a rien à voir dans toute l'ORGIE,
que *l'Inhumanité sur la* TERRE *fit*
depuis quarante milliers d'années!!!… »

& voici qu'écrivant ceci j'entendis parmi
les Souvenirs poupées karteries s'élever
une musique si yiddish où mon â-
me s'est lentement ramurée oh *rasséré-*
née!… tristement l'oiseau de mon cœur marty-
ré s'approcha des nostalgiques flons-flons & y
trouverait consolassion d'un quart d'heure
ou deux – ainsi variable la vie m'aura-
t-elle soufflé chaud & froid Et je n'étais, moi,
pauvre freluquet qu'admiratif *soucieux* avec

dans le cœur nénuphardé aussi le
bouton d'or d'ABSOLU & l'Orchidée qui
dans la sombre prairie a rayonné!…
Assis là seul & déjà vi-
eux & comme si la foule les *gens* m'indiff-
éraient (je ne les voyais même pas) & l'œil

perdu dans le papier dont l'ivoirine blondeur
doucement m'absorbait… oh KATHÉDRALI je ne
lève pas les yeux vers toi ni l'orgueil
de ton FRONT *qui dans le soir si gris n'allu-*

---

me rien (ton rocher a sombri banalisé
par monotone rumeur qui de la cité viendrait jusqu'à battre tes bas-flancs) & le TAM-TAM
d'un chorus vaguement liby-
ien n'agassait pas encore les morts ni nos
chers vivants dont l'agonie n'est pas encor
visagée!… (Tiens j'entendis le bourdon gra-
vement bourdonner) Son gros gland lourd n'éb-
ranle rien (ni la TOUR) ni mon cœur salement murmuré (disons-le) emmu-

---

ré cimenté *brûlizé* dans le DÉZER
qu'ici-bas beaucoup connaiss-
aient!… Or voici toute la fonderie qui d'un seul
coup bramapoutra descendit vers le sol
& n'effraya qu'une tribu d'oiseaux lesquels
s'envolèrent jambes à leur cou & cousinèrent
avec DRAGONS *griffulés* appelés
« coquecigrues » (même si Salomon n'a pas
tenu leur ardeur ni leur feu comprimés
par le rigorisme de sa loi) Et l'ivoi-

---

rine pâleur de ce cahier m'aura
ligoté *sublimé* – Or j'étais si délici-

eux nageur qu'allongé dans *l'ondoyé rozeau*,
j'ai somnambulé vers toi oh ÉTERNITÉ qui
hélas n'a plus aucun crédit – Or voici qu'il
pleut un peu sur l'écriture qu'issi-
bas je trassis & hâtivement j'ai dû m'ab-
riter parmi le kafé dont les lambris
m'étonnèrent colorés citron & la pluie
donc n'a pas piqueté trop le lilas

---

de mon encre-ci Or caché dans le bistrot,
j'ai perdu de vue le monstrueux massif de
pierreries & d'absolu, la FALAISE qui
grimpera jusqu'au CIEL mercredi Oh sublimes *verreries* enchâssées de plomb & garnies
de rubis roses diamants verdurés…
dont l'éclat fait vibrer le cœur annonçant
l'imminence pas possible d'un merveilleux
paradis?…
Ni l'or ni l'argent ni la théorie
n'amélioreront rien!… Nous voici à la merci

---

les uns des autres (soudés comme si
fraternité siamoise si
bellement *parmi nous plantée*) l'on dirait
qu'enfin l'Égalité à la longue issi
s'installera & *aussi le*
Ciel s'éclaircira l'on verra mieux
sur les pignons le Séraphin porteur
d'un flambeau pointu & même les piés

très fins d'une Cigogne qui là-haut fée le
pié de grue
& a l'air si

---

pleine d'un vent creux (*il y a*
combien d'années que son œil verruqueux
nous observait de si loin)?…
Et puis rentrant chez moi z'à pas lents &
lourds j'ai croisé deux HINDOUS coiffés de turbans
& aussi (grimpés sur gros pneus) *sept*
individus drapés d'un rouge éclatant &
casqués d'acier circulant parmi les gens zé-
bahis (arborant de longs drapeaux
colorés pour signaler vivacité

---

de ce drôle de vélo qui zig-za-
guait mû par on ne sée quel esprit) &
l'on croyait voir (moi triste mécréant) les
chevaliers qui le DERNIER JOUR s'achar-
neront à juger nos misérables socié-
tés!… « k'avez-vous fée à la BÉRÉZI-
NA & aussi la KOLYMA & HIROSHIMA
& toute l'horreur d'Arméniens massacrés (n'oubliez pas le RWANDA & les
Amerloqués trucidant les Indiens)…

& l'Espagne n'a pas épargné l'empire
des Incas » – *Votre « cas » on le réglera*
d'ici peu de jours!… ont crié les hommes

drapés rouge sang & au coin de la rue ont-ils
　　disparu.
Revenu chez moi les murs
du logis ont gardé la chaleur (a donc
fallu ouvrir
les baies vitrées) – Bientôt l'air
entrera divinisé Mon cœur

———————————————————————

s'appauvrit & l'âme si fleurie (on ne la
devinait jamais) *frémira comme si*
fleurdelysée d'odeurs si rarement ressenties!…
k'en pleine nuit parfois s'absorbait tout jugement (attentif seulement à ce
Jugement (dit) *dernier* qu'annoncèrent les
neufs angelots debout sur leur
« vélo ») *ils n'avaient*
pas froid aux yeux & le cœur accro-

———————————————————————

ché comme il faut C'est
l'étrange parousie qu'à la longue les
pauvres ZUMAINS attendaient *l'œil*
fixé sur l'ATOMIQUE logorrhée déclen-
chée par la chienlit d'éternelle vanité!!!…
ROSARIUM n'espère rien car la roseraie
n'a plus l'érotisme qu'on croyait C'est
la « grande Rosière » qui m'accomp-
lissait oh celle qui

largement s'épanouit à
180 degrés!… bel éventail
d'une Vierge Marie que l'esprit aura
déjà si follement pliée (oubli-
ée) ratiboisée bellement rever-
die?… Nos milliers de JOURS
vont-ils se décolorer blanchir
nos pauvres cheveux… *Et toute la*
NUIT *chevalerie d'ossements va-t-elle triom-*
pher sous la chaussée (lâ – ré – si –

to – ru)… (fa-sil-à-chanter)?…
le Dragon logé sous la
pontificale pharmacie est-il à minuit
remonté jusqu'à nous & ses YEUX globuleux
vont-ils fracasser notre VIE & c'est le
fra Angelico qui nous sauvera (il nous
baisera dans le cœur enflammé qui au
fond de nous vachement *luisait*)!…
Oh KATHÉDRALI *l'espéranza*
est finie (la vendange va vinaigrer) le

moissonneur ne se branlera plus
jamais (la piquette n'a plus d'objet ni le
moindre but)!… TOUT *ira* VAU-L'EAU &
l'abattoir n'est pas très loin Le
bourreau chevelu s'approche à pas de
loup d'une bergerie délabrée où le

mouton jaunissait sur pié Sa panique l'a
liquéfié cloué (il attend qu'à l'horizon
vienne l'imprononçable ORGIE progra-
mmée par les analystes distin-

gués) : *Marine* n'aura pas la peau
d'une Démocrassie déjà condamnée par
l'inertie et les corrupteurs
qu'à Paris l'on entendait grenouiller!!!…
Oh sombre séculière Vie le
pauvre KATHÉDRALI *sera-t-il témoin*
d'une sanglante sauva-
gerie & mon kafé foutit le
camp parmi roussâtre pavé qu'à mes
piés l'on voyait!… mieux vaut ka-

fé noirci que pourpré sang!…
notre folie oh Kathédrali ne t'épouvan-
tera point : tes yeux de pierre ne la
remarqueront pas & ta BOUCHE mille
fois cousue (murée) ne lâchera ni
murmures *ni démentiel* Cri?…
La lueur laiteuse du matin,
oh qu'elle délivre ma vieille main : elle
viendra & la poussière pâlie d'un
moriblond SOLEIL ne renâclera plus &

les chevaux du JOUR monteront parmi la
banalité du Ciel : nul sera-t-il

à demi sauvé demi farfelu & mal membré?…
Douleur grandirait de jour
en jour & l'âme violente s'est
de la plate-forme *jadis dans le
fond de l'air jetée*!… Elle s'est
sur le pavé krazée On l'a ramassée
d'une louche rouillée On la remisa
dans une parfumerie de la rue

Morfaleuse où depuis
525 années il y a toute l'année, *un
moravik pèlerinage concassant les
théologiques conformités que nul n'ob-*
serverait plus?… *L'imprimeur*
de séraphique tenue va-t-il ouvrager
notre difficile chant & lui donner
127 folios avec des gravures
de colmarienne Vénus?…
Notre facilité ira florissant la

---

vaillante confrérie qu'au pié
du mont Ste-Odile on savait qu'il y
avait!… La framboise marmelue n'aura
plus d'issue & la forêt de Bondy
sera-t-elle cernée par la bande à Bonnot (ils
tireront à vue & chak lapin on le
flinguera cinq fois) Ni Charlemagne ni
« saint » Louis ne nous sauveront *Les*
tombolas sont totalement pipées :

Quel sommeil *m'a-t-il sablé*

---

l'œil & demi nu la gra
ppe poilue qui pendait,
sauvera-t-elle un seul
d'entre nous?... Zurbaran peignit
l'Agneau mystique qui déjà couché a les
sabots liés (il attend doucement le tri-
angulé couteau qui lui trancheré
le cou) & cet amour de la douleur
ne me plaît plus du tout!... «Voyez *ceci*
est mon sang C'est le vin de la Vi-

---

gne d'En-Haut : mon père en était
le vigneron – il m'écrase les raisins & vous
seriez sauvés si vous buv-
iez DE MON SANG!... *Mon corps aussi*
est à *vous* C'est votre pain *oh* fabulateurs :
Dévorez donc ma chair salée que l'Éternel
farineur a pieusement rassem-
blée!... de moi vous vous nourri-
riez gloutissant le génie que J'AV
AIS?...» & disant ces phraseries Jésus

---

s'embarqua vers le CIEL où l'attendrait
Roux-Combaluzier (l'ascen-
seur de cuivre jauni n'était pas
hors de portée) son groom s'appelait
Jean-le-Préféré.

Voici k'assis encor devant le
MONSTRE pierreux j'attrape *les lubies que le*
monument prodigi-
eux va en moi soulever!… Or ce n'est
pas la rivière de CASSIS que Rimbaud célé-

---

brait, *non c'est* KATHÉDRALI dont
jean-paul klée *fée son festif merveilleux*
& gloutonnerie d'ambroisie *oh* subli-
me gelée qui tombant du Ciel m'aurait
l'âme soudain fortif-
iée… *la Lunaire n'a jamais zu*
pareil banquet!… pareille folie!…
Et lac d'ivoire m'a ce matin repris &
l'abondance me fit très lar-
ge joie J'ai un voilier dans le

DOS & m'envolant vers le HAUT c'est
hauteur d'un sacré feu qui mes
faibles toisons *brazera?*…
Or quel sentiment d'avoir
du moins vécu jusqu'à ce
jour-ci le seize juin de l'année
2015… ma foi tout le restant
j'oublie!… *Le ciel*
finement s'est dégagé Voici qu'un peu
de SOLEIL *sur mon front s'est po-*

---

zé comme si louis d'or

sur le cuir d'une pôvrette hâlée,
dont le cerveau fit encor
je ne sée quelles subtilités?…
Assis place des Rohans sur les blocs
de pierre dont la médiocrité nous *a big-
rement déçus*, j'ai dans l'œil
l'énorme morceau du MUNSTER & les toits
de cuivre verdi!… tout ce monde-là si
gothik & rougeâtre s'est vissé

---

au cœur de l'OXXIDENT & j'ai
bel amour de ce lieu-là *qui n'a pas*
d'équivalent issi-bas!… même les
Pyramides n'ont pas cela D'ailleurs,
nul ne sée comment les bâtisseurs
ont poussé *aussi haut* que ça l'énormité
de leurs blocs de pierre ils n'avaient
nul instrument sauf leur génie & leur
GLORIAM DEO!… Tout cela tient
dans le gris de l'air & c'est quasi

---

miraculeux qu'aucu-
ne pierre soit tombée!
Gauffré d'azur le bâtiment n'a
jamais craqué… Bien sûr d'issi 500 années il aura disparu rongé par l'universelle pollution & un jour il
n'existera plus!… De la même façon il y a
très longtemps il n'était pas encor

là (& l'air n'était
que de l'air)?... *Tout est relatif* (disait déjà

---

sainte Théophanie) & rien n'aura
très longue durée!... Un jour ce qu'ici
j'écrivis on ne le
lira même plus & le nom de l'auteur
s'ombrera d'oubli!...
Avec Olivier on est entrés 5 minutes & regardé
les VITRAUX la grande ROSE qui offrait
trente-deux ramures mordorées à la
GLORIAM du Très-Élevé : celui-là
dont ma lèvre ne veut pas prononcer

---

le Nom!... il n'a pas de
Nom (il en a 525 milli-
ons) & l'on passerait 300 années à tous les
recopier à la main sur un très long rouleau,
qui le Tour du Monde ferait!...
Jérusalem n'a rien sauvé ni les dix-neuf IMPER
ATORS germaniques qui chacun a
son vitrail!... mon dieu ce rouge vif ce
ciel bleu Ces drapés ornés de bijoux &
l'œil cerné de majesté que chacun d'eux

---

fixait sur nous!... Leur nom est inscrit
dans l'ORBE qu'ils ont autour des cheveux
J'aimerais connaître la vie
de chacun des dix-neuf *Les malheurs*

qu'ils ont eus Les enfants qu'ils ont
engendrés Leur vérita-
ble sainteté Qui donc nous racontera
les 19 rois de Germanie qu'à Strasbouri,
l'on voit encor immor-
talisés par 19 grands VITRAUX !...

Ah le bleu d'absolu du manteau
de la fille de Jaïrus & jaune merveilleux le
manteau de ce porcher que l'esprit mauvais
assaillait !... «*Alors la folie sortit de cet*
homme & elle entra dans le corps
de ces porcs. »
Les deux larrons mis à mort en même temps
que Jésus se nommaient DISSMAS & LESSMAS
Puis Jonas fut enfermé trois jours & trois nuits
dans le ventre du GRAND POISSON & il

---

se digérait liquéfiait dans l'estomac de ce
monstre marin & au bout de ce temps-là l'Éternel
envoya dans le bec du poisson un moucheron : le
cachalot éternua & renvoya le mec jaunâtre qui
tombant sur le sol caillouteux fut sauvé il se
lava & reprit l'habituelle vie qu'alors on avait... il attendit qu'à la fin de sa
vie l'horrible « MORUE » à son tour
l'engouffrit !... (*Le Pseudo-Clodomir*, IIe siècle,
    Maroc)
Et les Ninivites s'aperçurent que le

---

prophète Jésus était plus élevé
que Jonas – Et leur cœur noyé de pleurs,
se confondit *dans le cœur de Jésus*
Ah le beau BŒUF jaune bouton d'or *mené*
par deux laboureurs Sa couleur son épaisseur
me remplissent d'une joie & *sa solidité nous met à*
l'espoir encor un peu?…
« Bientôt viendra le DÉLUGE &
NOÉ avait déjà 600 années (ce n'était
plus un perdreau de l'année)… *Le Seigneur*

---

l'a prévenu *de la montée de l'eau* & il entra
dans l'Arche sacrée avec sa femme ses
85 fils & 85 brus Mais d'angoisse si
serrée Noé *ne débandait, il*
engrossa tout ce monde-là (même les garçons,
leur fit-il un enfant) Et le bateau *dans l'iv-*
resse du rut était devenu un BORDEL!…
Dieu (qui l'espèce voulut
épargner) ferma les yeux & *il ne les*
maudissait point!… » (Ste Élisabeth, Hongrie, XVe
   siècle)

Assis encor là il est 18 heures j'y suis
de ce matin 10 heures Le jour fut agréa-
ble fructueux!… Les vitraux de Strasbourg
sont de purs joyaux, ces personna-
ges colorés en majesté en sain-

teté!… Le bleu sombre devenu violet Chak
regard prophétik nous troublait : *le DIEU*
des Buissons Ardents luisait (là) derrière les
fagots démoniaks entassés à l'entrée
d'INFERNUM – L'on remarquait un DIAB-

OLO géant *très décoloré* qui bientôt dévo-
rera quelques âmes damnées que d'une main
salement griffue *il empoignait*!… Les gens
croyaient ce que racontait le
clergé (la puissance des curés
oppressait)!… TOUT TERRORI
ZAIT (on vendait sa maison pour éviter
le Purgatoire) & *puis Luther est*
arrivé qui remit de l'ordre dans la
SAINTE FOLIE!…

Ah mon Dieu que de malheurs,
ils ont commis en Ton Nom!!!…
« *L'Esprit poussa Jésus dans le*
DÉSERT & Jésus y resta pendant quarante jours, – vivant parmi
les animaux *& les anges* le
servaient » Vous en souvient-il?… *Moïse lui*
aussi resta au Mont-Sinaï 40 jours &
40 nuits *sans rien manger ni boire* (Exode,
34, 8) – Or nous étions affublés d'AZ-

UR & d'Absolu!… « Donc le diable l'emmena

jusqu'à Jérusalem & le plaçant au sommet du
TEMPLE lui dit… « *Si tu es le fils de Dieu…*
jette-toi en bas & les Anges te porteront
sur leurs mains & de leurs sanglots ils te
nourriront *& même tu tèteras leurs seins !…* »
Jésus sans le regar-
der une seule fois répondit « Oh créature déchue !…
retourne-t-en à l'INFERNUM & laisse-moi donc
paître mes brebis : ne savais-tu pas que je suis

———————————————————————

le maître des pluies & des vents ?… Même les
Nuages brouteront dans ma main !… *Vade retro*
Satanas !… »
& Belzébuth s'engouffra dans l'estomac d'un dro-
madaire qui passait là (le chameau chiquera
du tabac espagnol). *Pseudo-Daniel* (425, 617).
Ensuite Jésus (affamé par 40 journées) mangea
quelques pierres qu'il avait transformées
en blanchâtres poissons Et un miel marron
coula de son cœur ulcéré : des colibris

———————————————————————

sont venus & le butinèrent *Alors Jésus*
se mit à dormir (caché dans les roseaux) trois
jours & quatre nuits DES ELFES massés
(autour de lui) *dansèrent longuement &*
bien sûr chacun l'AIMAIT
en secret ; chacun le DÉZIRAIT !…
(*Pseudo-Jacqueline*, 185 ap. J-C)
Tant d'épiques lubies la Bible nous a

mille fois données… La Rosace n'était
qu'un éventail d'Occident accroché

---

dans l'ombre de nos cœurs!… *Jacques
Prévert* tomba d'une fenêtre sur les
Champs-Élysées à côté de Pierre Bergé qui à
18 ans par là *passait*… Il ne se
tua même pas & n'a pas blessé l'am-
oureux d'Yves Saint Laurent & à
*Strasbourg quelques humains se sont jetés
du haut du Kathédrali &*
personne *n'a été assommé?*…
rue des Bijoutiers on peut

---

acheter un parfum d'immorta-
lité (verveine mélangée à citron d'Aby-
ssinie) & le mendigot affamé a reçu
de vos mains dimanchées le thrésor
d'un gâteau marmelu dont le
nom m'est inconnu – Et je suis encor
là vivant cherchant mes mots (ça n'av-
ance pas vraiment) L'accordéon à côté de moi
zonzinait (la môme Moineau on ne l'écou-
te pas) & soudain je n'ai plus de brio je me

---

sens bavardeur & grognon – L'ÉTÉ passera &
*les Grecs tomberont dans le
désarroi* (ils ne s'en sortiront pas)?… déjà 17 heures
& je n'ai rien fée *La journée de hier*

fut trop chargée (je ne sée
si moi non plus je m'en sorti-
rai)... *Oh vénérables Farineurs &*
philosophiques Boulangers viendrez-
vous me délivrer moi aussi m'abreuver
d'un sirop d'angélique vertu dont le

---

secret (d'il y a longtemps) s'était
tout à fée vaporé?... Ma
vieille main va remplir le cahier,
où l'œil parfois s'incrustait &
âprement tricoteur l'Orphée ne souffrit
nulle vacuité ni baroudeur
peu parfumé mal-armé?...
Baroquise *poësie* j'ai le souci
de REMPLIR TOUT, *ne laissant ici*
aucune blancheur nul recoin,

---

qui serait mal équarri!...
Mon âme lassée va-t-elle
(pneu dégonflé) se remettre le nœud?...
Qui donc a encor mémoire de ceci :
« Deux jours après
leur départ en Égypte, *il advint* à *Marie*
dans le désert de souffrir d'une chaleur
du soleil Et voyant un palmier elle désira
se reposer un peu à son ombre : Joseph
s'empressa de la conduire près du palmier ;

---

la fit descendre de sa monture Et quand Marie
se fut assise là, levant les yeux vers le
feuillage de l'arbre elle vit qu'il était char-
gé de fruits éclatants & elle dit « *Oh s'il*
était possible que je puisse goûter
de ces fruits du palmier ?… » alors l'Enfant Jésus,
assis sur les genoux de sa mère *s'écria & dit*
au palmier : «ARBRE incline-toi &
viens restaurer ma mère de tes fruits ! »
Aussitôt le palmier (quittant ses raci-

---

nes) *s'avança* jusqu'aux piés de Marie &
après avoir cueilli les fruits qu'il offrait,
tous les trois se restaurèrent. » *(Évangile
du Pseudo-Nicolas)* XVᵉ siècle, Silésie
& moi donc fatigué là (terrasse de l'éternel kafé-brasserie) je ne brassais qu'un
léger souffle d'air comme si feu-follet parmi
l'affreuse marékagie *oh sombre tannerie…*
où l'humaine peau longuement souffrir
doit ?… & mes pauvres doigts seront-ils

---

eux aussi massacrés oh zélateurs de
l'inhumaine POËZIE ?… Les gens attablés
sont là pour manger (rigoler) se taper d'é-
normes BOCKS de jus de houblon & l'alé-
manik amertume s'est mariée à
l'âcreté d'un breuvage si vieux que la nuit
des temps – oh Siècles révolus remplis

de sperme de sang & des tristes *chev-*
eux d'enfants innocents!... Vous souvient-il?...
Adolf Hitler se rendit compte qu'on l'avait

---

sacrément trompé (*Matthieu* 2, 16) & il entra
dans une fureur; il donna l'ordre de
tuer (à Birkenau & environs) tous les enfants
de moins de 5 ans – Et les NAZIS commandés par
Merdradek-le-Chieur sont arrivés *ont saisi*
les petits enfants les enfermèrent dans des WAAH-
GONS à bestiaux & parvenus à BIRKE-
NAU *ils ont été* brûlés vivants!... *Daniel*
plongé dans la fournaise fut épargné (on disait
qu'il y chantait) *qu'il y pleurait de joie* comme

---

sur son gril couché le pauvre saint Laurent!...
& Blandine fut mille fois piétinée par la furie
d'un TORO *enragé* (l'on vit qu'elle n'était
pas encor décédée) on fit venir des gladiateurs
qui lui coupèrent langue les seins bras &
piés Puis la jetèrent encor vivan-
te dans un chaudron d'huile bouillan-
te où d'un seul coup fri-
te fut & l'empereur *Bokassa* fut le premier
servi... On lui a servi

---

un Blandine-jarret avec des
tomates farcies – C'est le soir & après
avoir grignouté petits lardons je vais me

rentrer chez moi (quittant Kathédrali) & roulé en boule dans mon vieux lit je
dormirai l'œil rempli d'invisi-
bles thrésors comme si j'étais
le furet aux yeux rubis encagé d'une
incurable mélancolie… Oh pelage jauni,
sentant l'urine la grandeur je ne suis

---

pas encor à l'agonie — Et mon faible génie n'est pas encor à genoux (il orée
encor de BEAUX JOURS *devant lui*)?…
Et les pigeons qui descendent des DINO-
ZAURES n'ont pas notre vanité Ils
font la roue & le rut au fronton de ce
Strasbouri (à la barbe chevelue
de YAHVÉ qui là-haut regardait
vers l'Océan & le
finissement de toute chose qu'issi-

---

bas il y aurait)!!!…
ah n'étions-nous pas pau-
vres voyageurs si maigres vendan-
geurs de l'Issi-maintenant (comme la
mortelle feuillée qui jonchée sur le Sol,
attendrait l'immortelle pluie) & la
substance qui du Ciel sur nous coul-
erait!… L'assoiffement ne finira-t-il
donc jamais?… déjà juillet jaunirait l'é-
norme marronnier & à gros pas lourds me

rentrant chez moi j'observais l'oriental
SOLEIL qui chaque véranda miroitait
d'un œil-de-pharaon & le cerisier
montre déjà ses cœurs de lori-
ot ses pigeons gorgés
de lueurs – *et l'appartement* m'espéra : j'y
remis de l'air frais : jusqu'à
demain la DORMISSION m'avalera & rebondissant demain midi l'on
grimpera sur le Kathédrali *oh loyauté*

de notre firmament!!!…
foutre-dieu, ouss' k'on va?…
Qu'est-*ce qu'enfant* j'adorais donc
les liserons!… leurs lueurs
éclairaient la grosse haie ou le
vieux grillage rouillé!… le cœur vous
palpitait comme si dans la toundra enneigée,
l'œil noir du Korbeau apercevait
le thrésor de sa survie?…
Or c'était issi

largesses GLOSSOLALIE *& Kathédrali* de ma
piètre main s'enfoncera dans un
océan drôlement décati & fleuri
d'un million de paroles si
volubiles macramés broderies &
tutti quanti *florolili*?… La

viduité ne m'aille pas du tout & c'était
vieilles poussées parfumées qui le long
de la FALAISE monteraient &
mon verbalisme *tout le « sujet » recouv-*

---

rira d'un fleuve si abondant que c'était
prolixité d'un zin-zin ?... ah ce ji : pé :
kah quel curieux zozo il n'y en avait
pas deux comme lui !... Le sujet lui
chaloir très peu comme quand Monet a
sublimé cathédrale de Rouen ou les
tricolores DRAPEAUX *infestant* l'une des
rues de Paris... (était-ce la
rue Montorgueil) – ainsi trésor de chaque jour chaque journée m'avalanchait

---

d'une tapisserie DE PLUS !...
Et l'ensemble s'est
cousu ainsi que font les chrétiens quand
à la FÊTE-DIEU ils couchaient sur
le sol des milliards de fleurs coupées,
sur koi le DIVIN ROI *peut-être marchera,*
les piés nus & le cœur si volumi-
neux que l'ardeur de la foule rassem-
blée jamais ne le
kalaminera ni kalmera ni kalum-
ée de la paix ?... *Oh déraison tristement*

---

rallumée (valoir cela comme si argent

comptant & faible luisant génie) je ne sée si ce mot-là
conviendrait?… qu'ai-je à faire ma
foi Ce n'est pas à moi de
mettre des mots sur la grosse lueur-liseron qu'à l'intérieur
de moi l'on devinait!…
L'ai-je dans le dos à
cent foulées d'issi le BABEL-*kathé-*

---

drali?… N'ai-je plus besoin de lui &
mon âme s'y libéra puis le laissera
mollement tomber dans l'indiff-
érée?… il ne me kaptu-
re plus comme à *12 ans il m'avait*
fasciné J'y plongeais le dimanche midi j'y
voulus devenir missionnaire (la Bolivie)
& puis les ardeurs d'adolescen-
ce m'ont de « cela » éloi-
gné (St Éloi lui-même n'y

---

pouvoir mais)… Donc à présent le
monument ne me reli-
giose plus *oh confuses fumées qui de*
l'intérieur *s'évadèrent!…*
il est 14 heures place Gutenberg j'ai
devant moi pot-au-feu vinaigré avec
beaucoup de variété (il y a aussi
dans ma poésie des gros morceaux vari-

és comme patchwork & gâteau british) Le
lecteur grattera issi-là il dénichera (de

son doigt goulu) le raisin sec ou l'angélique qui le comblera & chacun y prendra
ce que l'œil *& le cœur favori-*
zera!… oh préféra-
ble VIE, l'un n'aimera
que le lapis-lazuli & l'autre frémira
devant *le « petit pan de mur »* & ce
gros bœuf jaune canari Les rois
David & Salomon leur manteau bouton-d'or!…
Saint Jean écrivit ceci : « Jésus

a fait encor beaucoup d'autres choses – Si on les
racontait l'une après l'autre, *le monde entier ne*
pourrait pas contenir les LIVRES qu'on ÉK-
RIRAIT!… » (Jean 21, 25)
J'aimerais ÉZÉKIEL *dont la si fine main*
fleurissait sur le sombre violet
d'un tissu Et jaunes sont aussi les
tuniques d'Isaïe & Jérémie… jaune doré!…
Quant à QUÉNAN… qui donc se souvient encor
de lui?… « *Quénan eut* à *70 ans son*

premier enfant & il mourut âgé
de 910 ans!… Mais MATHUSALEM
fit encor mieux : son fils arriva comme il était
âgé de 187 ans & il mourut (quant à

lui) à 969 ans »… C'est *la Genèse qui*
affirme ça (5, 21-25).
Troulàlà-itou le Saint-Esprit ne me
dira pas si – *mercredi* – l'Agonik
se saisirait de mon corps ?… *J'avancerai*
pas à pas comme si colin-maillard les yeux

---

bandés (mais le Séraphin, lui, va-t-il
s'ériger) ?…
Dans le
Journal de ce matin Goethe s'écriait : « *Eines*
Morgens wachst Du nicht mehr auf. Die Vögel
singen, wie sie gestern sangen.
Nichts ändert diesen neuen Tageslauf.
Nur Du bist fortgegangen.
Du bist nun frei und unsere Tränen
wünschen Dir Glück »…

& alors collé place Gutenberg je vis
que le jour tournait à ciel ouvert & bientôt ne
soit-il plus qu'un infime souvenir ce
18 juin 2015 où encor j'étais vivant parmi
le gris de la bergerie & parfois l'on se dirait « tiens après tout la *zizik* appelée
« minnesang » ce n'était qu'un
faible murmuré destiné à nous
ADOUCIR l'air-du-temps C'est
peu dire & c'est déjà beaucoup d'ainsi

---

tout le temps à basse voix murmu-
rer »!… Or follement bourdonneur le gros
meussieu installé à la chaiserie des kafés il
toute la vie chantonneur s'est-il
promené (mal mené) vocabulai-
rement « distrait »?… Koi ça va me
faire sinon *pas la santé*
qu'il y faudrait?… L'imbuva-
ble vie invisible s'en allait jour à jour Et jamais je n'ai

———————————————————————

pensé « tiens voilà donc un jour
« *de moins* & bientôt le Couronné
« qui m'a choisi sera-t-il
« *aboli décour-*
« *onné?…* »
Ainsi dans les macabrées rues j'allais (le
pavé luisait) l'insolente plu-
ie *s'insinuait* malheur des rhuma-
tisants!… Il n'y a plus de chewox à straz
bouri & tout ce crottin perdu & aussi le
souvenir des massacrés d'il y a 500 ou

———————————————————————

cinq milliers d'années!!!… Avec tous ces
ossements-là on ferait un HIMALAYA
de fémurs & tibias quinze fois
plus élevé que le KATHÉDRA
LI qu'on voyait à Strazbou-
ri & les vautours corbeaux s'y

percheraient piquetant iss-
i & là les verdâtres restants
d'une chair QU'OXXIDENT *a si*
follement corrompue qu'elle

---

infesterait à jamais TOUT L'AIR
qu'encor l'on respirait!!!…
L'horrible TAS d'ossatures n'a plus
de NOM – c'est tout ce qu'il
restera de NOUS TOUS *qui fû-*
mes terrassés par la SOTTI-
SE appelée STULTITIA!…
Et peu à peu la Montagne déchar-
née se rabougrissait *Les tibias*
en poussière tomberaient (pourrissant

---

tout le SOL) & même le SOLEIL fer-
merait les yeux tellement c'est infer
nal & pas soutena-
ble (même les souteneurs
vomissaient) – Sur le fronton du MAUZO-
LÉE il y aurait les NOMS de
Hitler Louis-Quatorze et *Eulo-*
ge Schneider & Hagenbach le tyran & ce
général Mansfeld qui commanda les
tueurs suédois & aussi le Duc

---

de Lorraine k'â Saverne massacra
20 ou 30 milliers de paysans *(il y a*

encor à Lupstein un ossuaire rempli
de crânes brisés dont les yeux ont depuis
longtemps disparu) *& le sang*
de tous ces gens-là il a lui aussi
pourri coulé dans la terre & les
vignobles, *blés* – Rien n'a été
maudit jugé on a « tout » accepté,
même parfois l'anthropo-

phagie !!!…
Échoué là comme cachalot sirotant le
kafé glacé, vieux ZOMM attablé avec son
souci d'universelle *poëzie* je me suis
3 jours & demi fatigué à courre le chameau & quel Seigneur poursuivra
licorne d'Éthiopie celle qui Zébulon
dit réchauffait de sa douceur infinie
les piés nus de l'Enfant Jésus ?…
Oh clairière qui parmi nous descendit à

confondre l'affreuse FORÊT où les Dragons gluants
parfois proliféraient !!!… *Je ne suis*
déjà plus de ce monde-ci & d'issi
quelques années mon souvenir s'évann-
ouira le soir parmi cailloutis remplis
de bruyères d'orchidées ?… « Ah qu'il était
donc merveilleux cestui-là qui d'horreur
ou déraison se couvrit… *Et sa*
simple bonté luisait dans une rumeur

qui d'année en année s'amplifie!…

Voici l'hortensia gueules-de-loup & les
nénuphars posés sur l'eau comme si
porcelaines du Japon»…
Et le Kathédrali là devant moi n'é-
coute rien (ni nos larmes nos sanglots) il
dressait sa dureté sculptée au-delà des
raisonnables pensées qu'un père de famille ab-
ritera – Oh élévation vers l'infini & aussi
l'inexprimé qui dans le bleu du Ciel
finirait?… L'amulette-kangourou irait

---

d'un rocher l'autre sans plus jamais
revenir sur le sol *c'est*
dans l'édifice creusé qu'elle a trouvé
son logis château-vitrail & le Cœur
ne se contournait plus (bondissant il
chantera filera mauvais coton) & la
quenouille s'effilochait au vent (la har
pe s'insinue dans l'oreille des passants) c'é-
tait mièvre sucrerie j'entendre là & les
gens n'écoutent pas (préoccupés

---

du souci d'oxxident)!!!… Je ne sée jusqu'à
quand tout cela tiendra & les
40 millions de chômeurs on en fera
kwâ?… du pâté pour chiens & chats?…
Et le Kathédrali s'en fout de nous & il

montait vers le Ciel dont d'ailleurs il se
foutrerait?… Qu'a-t-il à briquer de notre ciel?…
Bloc sur bloc & statue à statue la corrida
n'a pas de TORO (l'Éternel
n'est ni bestial cornu ni bouseux ni

---

rempli de cuir ou sueur)… L'ÉTERNEL
n'a ni chapeau de panama ni *sexuel* (ni
grandeur petitesse ni lar-
geur profondeur) ni *coloré* ventra-
ge saint-gris?… ah coloquinthes & Yougo-
slavie!… chèvre-feuilles de la sainte Marie?…
Tout n'est-il pas foutu & l'été 2015 les
gens devinaient vaguement ce qui les attendrait *MAIS* PERSONNE N'A BOUGÉ!!!…
à Paris c'est fantomatique vie qu'à l'Élysée le

---

président HOLLANDE fait!… chaque jour on a
mépris pour lui (mais rien n'y a fait) il se
maintiendre jusqu'au bout (même si la
France est à l'agonie quasi) & c'est
grande DÉRÉLIXION *qui sur tout le pays*
en 2015 s'abattit & le pauvre KATHÉDRALI
n'est ni Dieu ni sauveur (il n'a nul
pouvoir sur nous) & son portail grand ouvert
accueillera autant HITLER que STALINE…
Mao Zédong George W. Bush & tout le

---

merdical politiqueux massacreur & l'ordure

qu'il y a tant de siècles *l'on*
subissait!!!…
Foutraqués DIEUX jusques à quand donc
les aura-t-on sur le dos &
dans le cul?… K'avions-nous à foutre ces
goîtreux-là ces criminels?…
Et Fessenheim qui à *une heure d'issi peut*
noircir la santé de sept millions
d'Européens!!!… *merci* à tous ceux-là qui

---

bien sûr étaient largement au courant & ils
ont couvert ce scandale *sans nom* C'est
négligence *krimi* dont ils ne font
rien (sauf l'argent *l'argent* l'AR-
GENT)!!!… j'abomine ces politicards innommés
volant dans le vent & ma bouche en feu les
vomira loin de moi!… Qu'ils soient jugés Qu'ils
démissionnés soient!!!…
D'un côté à Strasbourg il y avait le
kathédrali & palais de l'Europe à

---

servir la gloire de l'homme & aussi les glorias
de « DIEU » & l'autre côté à Colmar il y a encor
FESSENHEIM *délabrée* si nocive c'est
pure folie l'avoir si longues années
maintenue!!!… La centrale subit actu-
ellement un incident tous les
3 jours & demi!… Les ingénieurs & les
Allemands deviennent fous!… il faut d'ur-

gence fermer Fessenheim sans atten-
dre *un seul jour de plus*!!!… Et notre désarroi

n'a que trop tempori-
sé il n'y a plus aucune démocrassie FERMONS *fessenheim* sans tar-
der!!!…
insupportable c'est de poursuivre-ci la lubie
d'évoquer *le Kathédrali* jour & nuit jusqu'à keu
très vieille folie vienne donc abolir
TOUT!!!… Et soudain il neigerait (en juillet) à
pleins seaux *à génisses pissant & la*
kathédrale s'enfoncerait peu à peu

dans des monceaux de neige – Le portail
déjà disparaît Une à une les statues sont
ensevelies étouffées (il n'arrêterait
plus jamais de neiger)!!!… d'énormes flocons…
depuis jours & *jours* tomberaient & la
masse immaculée monterait à l'assaut des
choses mortes ou vives (ça ne nous
concernerait plus) – Tout l'ISSI-BAS sera recouvert
de trois ou quatre toisons d'argent, elles scintillaient
dans l'air pâlissant – Et la neige triompherait &

tout s'assourdissait – d'énormes FLOCONS s'entass-
eraient à foison & déjà le toit des maisons s'encom-
brerait d'une BLANCHEUR *si* épaiss*ie qu'on ne*
l'aurait jamais vue!!!… Tout le pays blok-

erait On creuserait galeries à travers les
rues & avenues (la température
s'effondre à moins trente-cinq) & les
corbeaux tomberaient du ciel Chaque jour &
nuit la NEIGE n'arrêtait plus du tout
de persévérer – il y avait 259 journées

---

que cela durait – Tout strasbouri fut ensevelie
sous 17 mètres 50 & l'Océan très dur &
très blanc monta *le long du rocher kathé-*
drali – (les statues le tympan & la
si belle ROSERAIE ont disparu) – Des glaçons
s'accrochèrent à la majesté
du Très-*Très*-Haut & tout le meringué
du bâtiment fut rempli jusqu'à la folie & le
TEMPLE tout entier sera englouti – On n'aperçoit plus qu'une *maison* juchée tout là-

---

haut sur la plate-forme qui naguère accueillait
les visiteurs (Balzac Victor Hugo Edgar Quinet ou
Gérard de Nerval) *Tout le* PAYS
meurt sous 85 mètres de BLANC *& l'œil*
d'un Saint-Esprit ne voyait plus que la
TOUR *émergeant d'une Banqui-*
se répandue partout!!!... c'était l'impériale Tiare couronnée (le dernier objet que
l'EMPEREUR a eu consacré) le
globe & la croix Or d'un seul coup le

---

vieux beffroi dentelé d'un
seul coup s'effondra!!!… il n'est resté
plus rien – Sauf le ciel gris & là-
bas VOGESUS & FORÊT NIGRA :
Tout fut rasé (congelé) réduit à
rien & anéanti & enseveli sous 409
coudées d'une blancheur
absolue – Enfin c'était lavé caché rav-
achi *absorbé oublié à*
tout jamais!!!… L'épouvanta-

---

ble *humanité* elle est agoni-
kée avalanchée par toute la
BLANCHEUR jamais eue!!!… Et alors,
l'UNIVERS *enfin délivré* se remit à
respirer librement!!!… l'HOMO SALOPARDUS
ne nuirait plus!!!…

....
....
....
....

Or me revoici assis Gelateria-kaffée à
reprendre *kathédrali*-tapisserie : à me dire
qu'à la fin il suffira de finir &
même sans la moindre agonie…

---

s'en aller d'issi &
grimparé pas à pas sur le beffroi &
sans effroi s'emparer du ciel

*d'azur, s'y dissoudre là-
haut* & disparaître dans l'AB-
SOLU d'Absalon ?... il n'y resterait
plus rien (ni skelette ni peau ni parche-
mins des vanités) !... Oh vieille peau qu'issi-
bas l'on traînassait parmi
quels vieux mépris vieux préju-

---

gés qui remonteraient à
l'enfance mal-traitée (*je ne suis
pas encor celui k'orée-je dû
être si normalité m'avait
particulièrement développé*) !...
alors le GROHMEUSS-
IEU il revenait aux piés de ce
miraculeux KATHÉDRALI dont nul n'a
percé le secret Nombre d'or (ni les
fabuleuses facultés) !... *Comme si*

---

belle guérison d'icelui KATHÉ d'un seul
coup *sur vous viendrait*?...
Donc d'issi à ce que le
kœur me
vaguement guérirait, voici donc
*l'une de mes ul-
times journées*... C'était le
25 juin 2000 quinze *la paix*
encor un peu en Europe survivait !...
Hélas l'incendie partout salement brazi-

corne déjà l'Ukraine *la Syrie &*

---

l'Irak *le Mali* l'Érythrée la
Lybie & notre Médi-
terranée remplie de mortalité (ces milliers
de réfugiés affrontant les flots & notre MÉPRIS)!…
Bientôt l'incendie ravagera
d'autres contrées *d'au-*
tres pays Et notre peau n'a
nulle garantie d'être préser-
vée (l'on y passera TOUS encor *u-*
ne fois) & quelqu'un sée que l'auteur

---

de ce curieux *Kathédrali* aura d'issi
peu de temps *tout à fée disparu* (on ne
sait pas comment) — est-il
tombé dans la rivière qu'issi &
là *les neiges font*?… a-t-il été
charcuté (enlevé) d'obscure façon
par les politicailleurs & l'obtu-
ze *maffia* qui autour d'eux grass-
ouillait?… Qu'a-t-on fée du kada-
vre de Klée?… savonnettes parfu-

---

mées?… fumure d'orchi-
dées?… Si dans un coin du Kathédrali on pouvait m'encaisser m'emmu-
rer m'encaker m'empierrer à jamais, ne dirais-je pas « non » & le

corps échapperait au terreau qui norma-
lement dissoudre doit toute la
peau (libido) les yeux & aussi le
cœur couronné florissant & ces
milliards de bactéries qu'on avait

---

dans le ventre, tout cela dispa-
raîtrait dans un recoin du KA-
THÉDRALI?...
Alors ici assis *devant lui* je me
mussais ramassais j'attendre je ne
sée quel GLORIA quel bon vent *quel*
génie (ou épiphanie)?... Et si je vous prenais
au mot j'y serais encor des jours & des
jours à moudre mon grain rusé (m'absou-
dre d'emblée) je ne suis

---

coupable de rien... Oh Kathédrali à tes piés j'ai
vécu ronronné comme si
filateur de l'infini & aussi
contenté de tout & attendant issi
je ne sais quel bonheur quel retour
à *l'humaine santé* qu'il y avait il y a
encor 35 années!... nous étions jeunes &
si beaux (mais pas un chat ne nous
l'a dit)!... Tout allait de soi & pas un
seul mot important ne nourrissait

---

l'individu affamé!...

Ainsi donc oh Kathédra-
li te voici encor là devant moi & dans ma
bonne vue!… Quitte-moi je ne te
quitterai pas?… J'ai drôlement survécu il y a
72 années qu'on tient ici le
coup & c'est un peu comme si là-bas c'é-
tait fraternel ami & paternel & aussi
maternel qui lentement laisserait tomber
sur nous les quatre coups de 16 heures (le

---

25 juin 2000 quinze à Straz-
bouri) encor vivant & plus ou moins
debout (mais alourdi) & rempli
d'angélisme qu'on disait?…
Et qu'un jour inévitable vous seriez
coupé concassé balourdé assailli &
entouré d'un essaim de MORUES *c'est*
mortelle randonnée On le savait qu'un jour
les lauriers seront-ils arra-
chés (le sentier se verra-t-il

---

conchié)… TOUT SERA
TERMINÉ!… K'avoir été pataugeant parmi
le boueux issi-bas ne me sera
d'aucun crédit!… À l'instant la lueur
s'éteignit sur la façade rosie Ne suis-
je venu tardif & me disais (à
mentale voix) « *tiens si mon cœur*
s'épanchait encor un peu à la vue de ce

Kathédrali dont l'imago mundi va
m'envahir l'esprit »… Ça ne me fée

pas peur de revenir ici chaque soir & sur plusieurs jours
de répit *& d'oasis* me viendra-t-il
encor 10 ou 12 brassées (mon lecteur
s'en nourrira mieux) & sans même
connaître « le » sujet il s'exclam-
era « oh tiens donc allons voir &
visiter ce kathédrali autour de koi
un poète fabuleux si souvent retourna &
l'œil de klée butina de ce

rocher-là tout le miel d'amour sombre qui s'y
sourcerait ?… » Saviez-vous pas
quel trésor il y trouvera & si sa poësie
ne s'étendre pas sur des milliers d'autres versets COMME SI *animée*
d'un mouvement perpétuel & n'importe qui
devinera le secret de STRASBOURI &
quelques-uns seront-ils ainsi
tout à fait guéris ?…
Et si encor il y aura

un peu de postérité… *on espérera*
être lu d'ici 40 années Oh c'est beaucoup,
quarante années (où serons-nous d'issi
2022 quand il neigera sur PÉKIN : ils y

feront les *Jeux d'hiver*) mais d'issi-là (hélas),
quels massacres nous saisiront & quels
nouveaux bombardiers feront-ils
saigner LE CIEL encor une fois?…
Nous sauveront-ils ces
Empereurs à cheval que notre souvenir

---

ne nomme plus?… Et les archanges qui
dans le dos ont des ailerons *de cuivre* sont-
ils d'âpres requins (notre âme n'a jamais
contenté leur affreuse faim) notre sueur
n'a pas désaltéré leur corps de silex J'ai
l'âme cordouée, vieux cuir était-
ce vieille peau – Bientôt le temps
me fera-t-il défaut & la vue se brou-
illera, les genoux concasseront (mais
ma parole restera

---

jusqu'au dernier jour) & comme l'é-
crivit Thérèse d'Avila « un jour l'ANGE
viendra & il me percera
de son long dard doré!… » (c'était là,
dit le commentateur image si osée) : la
cigogne de son bec pointu jouera
du clavecin sur l'ossement désuni &
tout tombera *en gelateria* (en…
affreuse buée) en charabia jaunâtre sidéré boursouflé tapioca & mê-

---

me mimosa?… Le sol
se nourrira de ce corps k'abando-
nne l'Orphée!… je ne sée
quel jour cela surgira & ce
POÈME-CI sera-t-il terminé *typo-*
graphié par Stof, l'érudit franco-allemand dont la
minussie me plaisait – il y aura
encor d'AUTRES JOURS &
d'autres nourritures d'ambroisie
Or dans l'épouvanta-

---

ble DÉZER *dieu fit pleuvoir*
l'angélique gelée qui sauvera
son peuple bien-aimé!…
Quel espoir quelle TAPISSERIE vont-ils
me prendre par le bras & murmu-
rer «ah vieil homme que voici *c'était*
fausse rumeur que Pauvreté Cruauté Pollussion & *le cadavérik cinéma*
que nous faisaient Paris Berlin & les
Amérikains!!!…» – ah diable-dieu & aussi

---

vierge Marie le puceau saint Jean si
seulement l'on pouvait revenir
à ces années 1970 *où fleurissaient*
encor l'ignorance la paix Et les GENS
avaient encor de l'air
& *un peu* d'argent!…
Un jour le Kathédrali

sera lui aussi délabré tombé en morceaux & *des*
arbres s'y racineront D'horribles rats
aux yeux de feu dévoreront les boiseries & aussi

---

en sous-sol *500 pilotis* que le temps a
épargnés – L'on ne saura même plus
ce que hurlaient gargouilles &
tentateur (même le nom
d'Abraham on ne le
comprendre plus) & le mien…
d'angélique renommée il sera
DEPUIS LONGTEMPS *disparu*!…
& k'un jour personne n'ira
plus au Bois les Lauriers seront

---

coupés brûlés roussis rataplas &
broyés comme les millions de crânes calci-
nés par les NAZIS (j'ai relu ce matin ce
livre paru 1945 à 22 milliers
d'exemplaires) L'industrie d'Allemagne récupérait par contrat signé l'ossement
à demi brûlé qu'on retrouvait après la
krémassion – Et je ne suis k'assis là,
devant l'éternel Kathédrali bâti sur la
sueur de milliers d'ouvriers (cela sonnait

à l'instant 19 h comme si de rien n'é-
tait)!… Oh DIABOLIQUE VIE & quel
soulagis sera-t-il ce jour *où TOUT ne sera*

même plus visualisé souveniré ni
fotografié télévisé interneti-
sé – *(rien)* – l'œil ne se choquera
plus (ni le cœur momifié) ni le
chanvre si cru de nos nerfs comme si
clavecin fermé à clé (le gazon du tombeau
écluzera tout) & nul souci *l'ortie* ne me

---

piquera plus!…
Un kamion 257 passa ici 2 fois le
1ᵉʳ août 2000 quinze (oui) couronné d'un rateau
bleu & d'une lueur citron : les balayeurs sont à
ramasser milliards de mégots (peut-être le
kancer va-t-il reculer)?…
TOISON D'OR *au-secours* voici donc les
derniers jours de l'INHUMANITÉ!!!…Pauvre sol
    rempli
de pavés vieilles dents d'or que les nazis arr-
achaient aux kadavres gazés Oh vieux terreau qui

---

d'ignobles massacreurs fut souillé!… *C'est l'Océan
qui doive me servir de tombeau, si* l'OXXIDENT
pürülera toute cité cheminée cha-
que chemin chak jardin!!!… Or SILENCE bientôt
    ira
éteindre ma voix (je me musserai dans la
chrysalide d'inouïe valeur) & du moins aurai-je
    fée
ce qu'aucune fée ne fit jamais?…

D'avoir tant & temps farci noirci mes
milliers de feuillets ne me rendit quasi
pas plus serein qu'un jaune canari

Or k'avais-je là génial griffonneur à me
remplir du rocher kathé-
drali?... Que me chaloir Jésus-Christ &
la sainte Marie (je ne sée plus qui
sont ces gens-là) & *grisâtre l'avenir* s'ann-
onçait devant nous : *l'année 2017*... n'est
pas très loin (qu'y verra-t-on
protubérer)?... quel fanatisme là encor
va-t-il racornir tout l'esprit
d'une antique France *si pauvrie* & la peur

---

encor une fois déchi-
rera tout!!!... – Hors de ma vue, Kathédrali, je n'en peux plus de Toi oh si vieux
talisman si magique ROCHER si
ancienne TOUR d'ossements!...
....
....
....
....
koi d'âvre de tes rois?... les chewox
des Empereurs sont noircis par l'hyver &
deux pigeons nichaient sur la tête couronnée du plus vieux Ah que n'ai-je pris les
jumelles d'un chasseur & *le portail* (écrivit

un Orphée païen) n'a-t-il pas les
commissures d'un sexe féminin (on aura
tout imaginé) même si SATANUS
guidait la plume d'icelui!…
D'un seul coup la
façade oublia le rosé qu'un Soleil
caché dans mon dos lui fournissait Le
Soleil tomba derrière les toits si aigüs,
que le feu ne s'y propage jamais Or

soudain la Falaise s'éteignit (retom-
bée dans la cendreuse couleur qu'ISSI-
BAS nos yeux méprisèrent) & le bâtiment
postal qu'à droite l'on voit il n'aj-
oute rien (ce truc morose n'a pas
d'intérêt) on dirait qu'il fut inventé
par je ne sée quel financier copinant avec
Napoléon III – Ah que le faible pavé
plus ou moins granité ne nous gerce pas
la peau des piés (car le kœur encor si lon-

gues années poussera butineur bercera
TOUT LE SAINT SANG *qu'on avait*)!…
Rubirose la vie n'en fini-
sse pas… Elle me moutonnera &
lainera tricotera belle finalité dont mes
doigts follement s'affublèrent *& je m'y*
envelopperai TOUT LE *doloré* CORPS & encor

combien de centaines de journées?…
À la fin de sa destinée le
moissonneur fatigué aura de la sueur & les yeux

poissés de poussière (on croirait
qu'il pleure un peu) & j'entends les yoyos
d'un chanteur plus ou moins british (l'ag-
onique son me nuisait comme si
parasitage d'un coin de PARADIS) &
quelle cohorte k'ici (sur le sacré parvis)
l'on aperçoit passer parmi l'Univers
sidérant *dont l'indifférence n'aura*
nul finissement?…
Mon œil morfalait le

long corps d'un serveur qui penché
vers les clients diffuse du kafé (kel
espoir nous restera-t-il)?… alors j'ai vu
passer sans arrêt quelques soldats français
& allemands (mitraillette à la main & l'on
espère k'aucune n'est chargée ni k'aucun ne tombera jamais *zozo*) *& il*
tirerait DANS LE TAS comme l'on sait
qu'en Amérika c'est arrivé plusieurs
fois — ET LE MONDE ENTIER VA-T-IL

pas devenir fou?…
K'arrivera-t-il quand le sang
coulera encor une fois & le RHIN

d'un seul coup *il rougira*!…
Les gens ne veulent pas
en parler (ils éviteront
d'y penser) chacun veut préserver
le petit jardin qu'il avait Et rien ne lui
fera lever les yeux vers ça qui bientôt
nous krazera tous!!!…

Ciel bleu & gris (là-bas vivait
en 1970 un gros homme qui peignait
des fleurs sous verre) On disait qu'il
s'amourachait d'une poupée en latex & je ne
savais de koi l'on parlait (car j'étais
dans l'innocence d'un enfant & ma naïveté
se voyait à 25 pas) – Non, Kathédrali n'a
pas changé ma vie Ce n'est pas
non plus elle *qui nous sauvera*!…
Et quand viendra le Putiphar (dont l'odeur

---

déjà m'horripilait) je me dirai « *Va-t-il
me prendre dans ses affreux bras, il m'é-
touffera comme kamembert dans son petit
rondel de bois blanc?* »… il me jettera
sur le sol de macadam & parmi le crottin
périmé d'un cheval qui chaque soir faisait
la messagerie d'Allemagne oh vieille bourgeoi-
sie largement disparue, c'était l'année
1840 & Victor Hugo dormit à l'Hôtel
de la Maison-Rouge place Kléber (quel

génie celui-là) – mais que devient donc
meussieu Putiphar surnommé « la
vieille Morue »?… Sa maigreur fée penser
à la mort : il aurait
des souliers à clous un long fouet
de nerf de bœuf & des gants colorés de
jaune d'œuf – d'un seul coup il m'étendrait
par-terre *criant* & aussi me mit-il
son pié sur le cou (m'attrapa &)
me lynchera ici sur le parvis ah!…

personne n'est interve-
nu pour me délivre de lui &
ses mains m'ont berlificoté jusqu'à
l'expiré de ma vie (on évoquera
les vengeances d'un puissant) Mais les
médias feront silence là-dessus donc,
pauvre Klée!… roué de coups & le
pavé strasbouri n'a lui non plus
rien mouffeté… Que ce médiocre
mécréant disparaisse d'Ici-Bas (*il y a*

trop d'années k'on l'avait tous
dans la vue & le nez)!…
Ni jour ni nuit nul ne percera
ton mystérieux *sacré*, TOUR DE BABEL qui
demi-dieu a eu l'orgueil de t'élever à la
hauteur d'un scandaleux défi?… & l'ampleur

inespérée de ta flèche fera tourner
à plus qu'un l'esprit On se tordrait
la nuque le cou à vouloir te regar-
der jusqu'au ciel, oh KATHÉDRALI,

---

toi qui fée la nique *à tout*!…
Ni l'ombre ni lueur
ne te perceront à jour, falaise si
fondamentale *ajourée*, quelle fée t'a donc
tissurée déchirée parcheminée d'un air
si sublimé?… ainsi devant ce MUR,
suis-je revenu poser un peu le
pensif crâne d'os qui depuis
tant d'années lanterna
mon faible corps dont la

---

peau ne me troublait plus souvent!…
Or me suis-je dit « *c'est bien tard*
que te voici revenir t'appuyer à la
foncière THÉOLOGIE qu'issi,
quelques génies ont chantournée
VERS L'INFINI » — je n'y
croirai plus (n'y entrerai donc
plus) c'est fini *oh ringarde mythologie*,
qu'avec tant de soucis l'on nous avait
dans l'âme fourguée!… Je resterai

---

là, – dehors –, assis à 25 foulées de la
kamerzell-maison & comme si

médusé-quasi par l'énormité qu'on a
là dans l'air (avec fracas voici
le bourdon de 20 h)… La chaleur
a disparu (il y a même fraîcheur) Mais
l'AVENIR n'attendre pas : *il nous* poussera
dans kel affreux FOURGON ?…
Patibulaire pétrifiée la
divine PAROI que plus d'un scola-

---

rius (téméraire) escalada !… Quels drapeaux
ont-ils ta fière TIARE couronné ?… Un jour
du mois de mai 1968 rentrant très tard d'une
bonne virée (l'aube déjà diluait
tout le ciel) je découvris levant l'œil,
un long drapeau noir flottant sur le
plus élevé de la Tour *j'avais*
peut-être joui (ne m'en souvenais plus) &
l'Anarchie se montrant à travers le ciel
stupéfia mon naïf état d'esprit

Quel bizarre cinéma les HOMMES font & Hitler &
Louis-le-Soleil si catholique qui massacra
les gens du Palatinat (le drapeau nazi sera
déchiré) Or *Napoléon* visita-t-il
ce fol monument tellement plus démesuré
que lui ?… sut-il jamais *pourquoi il*
ravagea tout l'Occident &
tant de chevaux furent perdus éventrés par
millions (pauvres animaux qui ne demandè-

rent rien)!…
Ah si nous regardions VRAIMENT
ce qui va fondre sur nous Quel
firmament nous protègera-t-il?…
Aucune kathédrali talisman ne pourra
rien pour nous sauver de la
FLAMME du NÉANT (je ne le
verrai peut-être plus de mes yeux
de vivant) *Mais le bruit sera si*
assourdissant que mon crâ-
ne décharné tremblera dans l'odeur

si funèbre qu'il y aura
dans le sol & mes tibias secs…
picorés de fleurs frémiront
parmi quel trou rempli d'obscurité!…
N'aboutissons jamais, tout ira
dans le rien & d'ici peu d'années la
VIOLENCE *brûlera tout* (même si l'Océan
sur nous tous débordera)!!!…
Pauvre folie c'est incroyable qui
DEPUIS SEULEMENT 200 ANNÉES NOUS A

si sournoisement grigno-
tés peu à peu détruisant le
TOUT… (l'air les forêts le désert)
& même l'Océan l'Amazonie :
rien sera-t-il épargné?…

Jusqu'à l'ulti-
me méat c'est le respire qui
m'occupera L'air pollué m'assass-
inera & aussi *la cruauté*
qui partout sanglotait!!!…

Personne n'a dans l'esprit k'on a
chak année 3 milli-ons d'enfants
morts de n'avoir jamais eu
assez à manger!!!…
Il est déjà
9 h du matin & assis là je me mis
à fabulizzer ruminant l'âpreté
ou l'immense douceur d'avoir été
un peu parmi vous oh Barbarie,
que nul n'estimera!…

Donc je ne me fi-
nirai quasi-jamais?… C'est rarement si
un seul jour je mûrissais *oh diapha-
ne vertu* & la semblance l'utopie
de ce pays lassé qu'on appelait l'ISSI…
oh impéritie!… Quel empereur
du Lotus d'Azur donnera la séréni-
té l'apaisement Or voici le vacarmé
grogneur du carillon qui à grosse volée
conviait le troupeau d'AFFAMÉS à venir se

---

nourrir d'une Pax Christi drôlement démo-

dée!… Arrête-toi sombre son, tu me
troubles les tympans me cassant
les piés!…
Fraîcheur on dirait qu'il
pleuvrait Faudra-t-il
tenir jusqu'à midi *Les pigeons*
n'aiment pas cette sonorité que les abat-son
refluaient sur notre corps esseulé!…
Quel chasseur a-t-il noué autour

de nous d'invisibles filets pour attraper
l'amulette si gluée qu'on devinait
au milieu de nous?…
carabiniers de l'Absolu les Séraphins
sont-ils au garde-à-vous *devant le*
Très-Élevé Très-Parfumé Très-Lumi-
neux Très-Turgescent Très-Cramoisi & aussi
le Très-Charcuteur même si
problématik Ramoneur *d'Absurdie le*
Tout-Puissant le Plus-que-*bleu* n'a-t-il

donc nulle compassion DE NOUS & c'est
grande pitié d'avoir eu dans le dos,
un PATERNEL *aussi borné que vous*!!!…
Oh candélabre machinal dont le cuivre n'a
même plus de lueur C'est partout
vert-de-gris poussière sans éclat!…
& le BUISSON-ARDENT ne sournoi-
ze plus le couteau d'Abraham est-il donc

à notre cou encor suspendu?…
Qui se souvient de

JOHANN KNAUTH Son nom
survivre DOIT : *c'est lui qui sauva la*
cathédrale de strasbourg menacée qu'elle
était DE S'EFFONDRER – C'était
avant 1919 On s'aperçoit
que la nappe phréatique dimi-
nuait Or les fondations du Kathédrali sont
basées sur *pilotis de chêne* qui quand l'eau
se retire commencèrent
à *pourrir* Alors on vit que la TOUR…

---

l'énormité de la TOUR menaçait
de s'écrouler Elle a 142 mètres &
7 millions 500 mille kilos!!!…
Avec génie Johann Knauth
évita qu'on démolisse la plus hau-
te TOUR de l'Univers – il injecta du ciment
dans les fondations & même fit soulever
AVEC DES VÉRINS *tout le côté*
sous la TOUR!… ainsi arrêta-t-il
catastrophe sans nom *Si les*

---

7 mille 500 TONNES
sur la Ville tombaient, il y aurait
eu combien de morts?…
Hélas étant allemand Johann

Knauth (né à Cologne 1864) sera expulsé
en 1921 par les Français vainqueurs On dit
qu'en Forêt-Noire il décéda
de misère & désespoir il faudrait
le réhabiliter, lui & ses enfants!… La Ville
de Strasbourg a posé à son nom,

---

une plaque : on a beaucoup de mal
à y *déchiffrer* l'acte merveilleux
qu'il fit… Pas même *statue*!…
C'est là qu'on voit qu'issi,
Strasbourg *vit dans le très petit* &
suis-je pas honteux d'avoir vécu parmi
elle de si longues décennies?…

Grimpé kathédrali

Mollement j'ai grimpé l'escalier de la
cathédrale qui à Strasbouri va
jusqu'au septième ciel… temps moyen le
soleil pas voilé ni méchant ça ne m'a
pas épuisé mais je n'ai plus les mollets qu'à
25 ans j'avais Les pigeons perchus partout à
mon approche s'envolaient Le souvenir est gravé
sur le mur d'un employé de la Tour nommé
Mathias MEWES, il était *souffleur* En cas de feu,
sa trompe sonnait pour alerter la cité endor-

---

mie Chaque nuit le trouva ici haut perché parmi
les cris des corbeaux À tenir jusqu'à l'aube c'était
difficile ma foi mais jamais il ne s'est
assoupi L'eau de vie & la Bible l'ont tenu
réveillé *40 années* Il sauva de l'incendie
plusieurs familles c'est prouvé Mais un jour
de l'été mille sept cent un on l'a retrouvé mort dans l'escalier frappé d'apo-
plexie *Bonne mort en effet il ne se vit
pas dépérir* & moi qui passe là j'ai

bonnes pensées à son sujet *Fut-il du Roy*
un excellent sujet?…
Les claires-voies ne m'ont pas fée peur, on voit
les maisons rapetissées les autos & les gens *L'air*
m'a fichu la paix je suis arrivé à la
plate-forme qui a reçu déjà
Nerval victor hugo alex dumas &
plein de gens importants Ici c'est pas
très grand (21 pas sur 21)… Oh *jardinet*
suspendu entre ciel & terre, pas un chat n'est

là Des filets sont tendus pour que les
statues ne se jettent pas sur le parvis :
rien à signaler La flèche est couronnée
d'un buisson de clous giroflés (on est à restaurer
la Tiare sacrée) jusques à quand
tiendra-t-elle si ce n'est jusqu'à l'éternité?… plusieurs fois foudroyée elle s'é-
croula-quasi 1723 quand la TERRE *trem-*
bla!!!…
j'ai tourné plusieurs fois vu l'Esca & les

beaux quartiers strasbourgeois On dirait des
maisonnettes poupées Là-bas tu vois les
montagnes *VOGESIA* & ici celles de la
FORÊT NIGRA Le Mont-Blanc n'est pas
visible aujourd'hui On reviendra le voir
étinceler parmi le beau temps ravissant

de l'ÉTÉ !… j'ai retrouvé sur les parois de
grès assombri par l'intempérie les graffitis
qu'autrefois les visiteurs ont fée
graver ici par le Sacristain *il y en a*

---

des dizaines c'est passionnant 1725,
1819, 1787, *mille cinq cent*
vingt & un L'évêque de Westphalie
est venu ici avec la baronne Walewski,
le colonel durand d'Orléans a servi
sa majesté DE TOUTES les RUSSHIE…
le grand-duc de Poméranie monté ici
l'année 1685 & y donna une party
où les Dames (dit-on) s'adonnèrent
à des privautés peu connues Le gardien a

---

relaté la chose dans un manuscrit déposé
à la BNU rédigé en strasbouri *ça ne dit*
qu'allusions & finesses qu'il faut
deviner « *Herr von b/w. sagte :*
wir müssen den dicken Finger in das
gute Nestlein bringen » & tout le monde a
compris…
Redescendu *parmi vous* j'ai croisé
dans l'escalier d'autres graffitis j'ai
lu « Wir waren HIER !… » signé

Lothar & Lizbeth on dirait
que l'Homme toujours a voulu signaler

le passage qu'il fit dans les
milliers d'années QU'ON a
EUES!… oui ne m'oubliez jamais Je fus ici avec
vous (signé) jean-paul *Éperdu* –
ce m'est grande douceur de savoir
que jamais vous ne m'oublierez!…

Regrimpé là-haut!…

Assis à 66 mètres du sol suis monté
tout seul sur plate-forme du Kathédrali & à la tablée de pierre j'écris
peu à peu ces mots-ci… Fraîcheur d'octo-
bre ça nous a surpris & grimpant les
300 marches du colimaçon me suis aidé
à la rampe d'acier qui depuis le pié serpen-
tera jusqu'aux sublimes nuées!… Le cœur & les
genoux tiennent le coup C'est
pas souvent qu'on refasse ça & l'an

---

prochain serai-je encor là?…
Temps gris (on ne verra pas
l'Hélvétie le Mont-Blanc) & les
maisons de poupées ne me mobili-
sent pas *je n'ai d'œil*
que pour les NOMS *gravés sur le mur*
de la Grande Tour (voici les
douze coups de midi) À trop demeurer aussi haut,
va-t-on prendre *frée* Dire qu'il y a
8 jours on avait quaran-

te degrés… Rien ne va
plus komm ça devrait (& les
ZOMMES *bientôt seront-ils*
komm de la gomme d'ARAU-
CARIA ?)… J'ai pas trouvé le graffiti gravé
au nom de Goethe : *il monta ici* &
pour vaincre son vertigo poussa même
jusqu'au lanternon terminal
Ici aussi la mai(re)rie ne fait
pas son boulot Les dizaines de visiteurs,

qu'à la base du beffroi s'intéressent à
tous ces pauvres morts inscrits là…
ils n'ont pas un chat (ni livre) qui
leur expliquerait la vie de ces morts
Oh biographik l'OUBLI
m'avalera moi z'aussi!…
& dans le ventre mou de la TERRE,
quelle choucroute ça donnera?…
« 1581 LUDWIG HERZOG
ZU WIRTTENBERG & DORTHEA URSULA

HERZOGIN ZU »...
« 1581 W. W. W. CH. GRAF
ZU SULTZ »..
« Le Comte DE GERNICHER CHAMBELLAN
ACTUEL *de Sa Maiesté Impériale De*
Toutes Les Russies 1757 »...........................

C'était un sacristain (qu'on payait) *qui*
gravait ça Mais 2 fois le graveur
se DROMPA il écrit le Brince & la

Brincesse *de…* (quel accent)!…
Or qui furent-ils donc les
Jean Bourckhardt Canton
De Bern 1776 & les
Aloïs Maier von Wien le *2*
juillet 1819 & aussi
n'oublions Charle Baron de
BEUSZ-SAPON il est venu issi avec
Nicolae Sumervogel année 1765
(mozart vivait encor) &… *Woldemar De*

Baggowouth qui donc était-
il?… (on n'a pas écrit
l'année) son nom vous le trouverez
sur le bord d'une porte qui va *dans la*
TOUR & à côté d'un anneau de fer (à koi donc
peut servir cet anneau) quel dragon licor-
nesque cheval de feu y voulait-on
maintenir?… Qui donc moi-
même *j'étais*; m'aura-t-on une seule fois

---

menotté!…
Redescendu à très petits
pas dans l'autre colimaçon (il y avait des

graffitis à l'encre de lait) *c'était*
« vive la saucisse de Morteau » & aussi
« *Alexandre baisera-t-il*
Mélissa?… » Qui donc nous dénichera
un aperçu de la vie de
Woldemar de Baggowouth… (était-il
écossais irlandais) avait-il un manoir

---

en Normandie (fut-il heureux…
mélancolique pas) &
a-t-on de lui un portrait (il n'a
peut-être rien laissé de sa
terrestre vie) sauf 2 ou 3
miniatures cadrées d'un bord
de bois noir : *Oh sombre finissement*!…
la plupart des MILLIARDS
de braves gens *ne laisseront rien,*
sauf 2 ou 3 enfants & même d'issi

---

quelques décennies *que restera-t-il*
d'un Mozart Picasso & mê-
me *Saint Augustin* tombera dans l'Oubli!…

Pour en finir tout à fée

Et si d'un seul coup le CHAGRIN terrassait
l'un de nous ?… il ne supporterait plus du
tout le DÉSESPOIR *qui partout*
ravagera l'Avenir Que disions-nous là ?…
comment pouvions-nous vivre *là-de-*
dans (savoir k'à tout moment l'ar-
mement ATOMIK nous anéantira) !!!…
quel *pater familias* encaisserait ça ?…
il est déjà minuit moins 5 & personne n'a
hurlé « arrêtons ça VITE !!!… *Arr-*

êtons cette folie NOUS NE SOMMES PAS
des *Massenmörder* & nos ENFANTS d'issi &
là dans koi vont-ils s'étouffer se massak-
rer s'automutiler Se foutre la mort à coups
de dizaines de millions?… il y aura des
CENTAINES de MILLIONS *de tués* – Comment
puis-je là ne rien faire keu krier… J'étais
encor une fois ASSIS au pié gauche du
Kathédrali *dont la roseur à 7h le soir*
nous tirait l'âme le cœur (encor

une fois)!… & je n'avais dans le fonds de
moi rien d'autre à crier que ce cri-
là « *oui* arrêtons tout & surtout
TUONS LA GUERRE ». — C'était à 18 ans déjà le
principal souci keu j'avais Même j'ai
polycopié un APPEL à mes relassi-
ons intitulé… TUONS LA
GUERRE !… C'est le seul bonjour qui
nous vaille la survie « Salut cher
« ami Où donc en sommes-nous ?…

« *D'issi kombien de jours aurons-nous*
« éradiqué toute forme de guerre ?… »
ALORS plus rien ne nous
suicidera Aucun de nous ne tombera
plus jamais FOU.
Il faut se donner *tous les*
moyens & chaque jour,
ne plus travailler QU'À ÇA !!!… M'enten-
drez-vous ?…

À Strasbourg-Neudorf,
le 20 août 2015.

Vivant à l'ombre de…

Me voici le 27 septembre 2017 assis à la terrasse-café du TNS à Strasbourg, le soleil décline tendrement parmi les roussâtres marronniers du musée Tomi-Ungerer, je suis à dix minutes d'un souvenir d'enfance qui — de plus en plus — m'envahit…

Mon père & ma mère se sont mariés à Strasbourg le 28 septembre 1940. Raymond-Lucien Klée (natif de Haguenau en 1907) était philosophe & résistant gaulliste & membre de la première équipe de la revue Esprit d'Emmanuel Mounier. Reçu deuxième à l'Agrégation (derrière Ferdinand Alquié et devant Claude Lévi-Strauss), il fut l'un des fondateurs de la résistance en Lorraine (avec le colonel Médard). Ancien membre du Grand Quartier-général franco-britannique (où il vit André Maurois), il enseigna à Paris (lycée Hoche) puis à Versailles, où il fut arrêté par la gestapo pour propagande gaulliste (en effet il s'était rangé derrière de Gaulle entre le 18 et le 30 juin 1940 : l'un des premiers.)

Prison de Fresnes (condamné à mort pour détention à domicile d'une arme). Ma mère née Mathilde Goettelmann (1921) lui rendait visite au parloir avec (une seule fois) ma sœur & moi : un quart d'heure : c'est tout! Il transite par Compiègne et arriva (classé Nuit & Brouillard) au KZ le Struthof implanté par les nazis à une heure seulement de Strasbourg (dans les Vosges). Il y mourut le 18 avril 1944 sous les coups d'un codétenu français. Ma mère ne fut informée qu'après la guerre. Rentrée de Versailles (rue Sainte-Sophie) avec les deux orphelins, nous vécûmes à Lingolsheim, puis Muttersholtz (chez le curé Metz) puis à Lauterbourg (Port-du-Rhin) jusqu'en 1952.

C'était la crise du logement. Pour nous mettre aux lycées, ma sœur Anne-Marie (1941) & moi (1943), il convenait de rejoindre une grande ville : ce fut Strasbourg. D'abord la rue Marbach (un meublé) puis la rue du Faubourg-de-Saverne (au-dessus d'un garage Shell, tenu par un ami d'un ami, Herbrich). Cette errance locative s'échoua (1953) dans un vieil immeuble XVIIIe siècle du quartier de la Cathédrale : le numéro 18 de la rue des Sœurs, au deuxième étage. C'était un quatre-pièces si négligé que les papiers-peints, décollés, boursouflaient les murs… Ma mère ne fit repeindre le tout qu'en… 1963! C'est-à-dire que nous vécûmes à quatre là-dedans une dizaine d'années : de ma dixième à ma vingtième année. C'est hélas la période fondatrice…

Le quatrième personnage, que ma mère a rencontré à Lingolsheim, suite à une annonce parue dans les Dernières Nouvelles d'Alsace, c'était Odon de Montesquiou – Fezensac (1906-1963) rejeton (doté du titre de comte) d'une très ancienne aristocratie de France (l'une des cinq ou six plus « nobles » lignées) – ça nous fit belle-jambe, à ma mère, à ma sœur & moi!…

Être neurasthénique, propriétaire dans la Sarthe du château de Courtavaux, fils unique élevé par des gouvernantes, il n'avait qu'une seule passion : les automobiles. Il était arrivé à Lauterbourg (& Lingolsheim) dans une extravagante Delage 1939, qui tirait l'œil des passants. Ne faisait rien, rue des Sœurs, que de lire Le Figaro, France-Soir, Aux Écoutes, Paris-Match, Jours de France, etc. ou d'écrire à son avocat parisien pour le remboursement d'une briqueterie que sa grand-mère, née Bibesco, possédait (avant 1939) dans les parages de Bucarest (Roumanie). Il finira par obtenir ce dommage-de-guerre et s'acheta une Mercédès en région parisienne : c'est en ramenant cette voiture à Strasbourg qu'il décéda le 11 mars 1963 (sur la route) à Luzarches (d'un infarctus). J'allais avoir vingt ans le 5 juin de la même année.

Par le hasard, je suis reçu le 13 ou 14 mars par Antoine Fischer (la revue Saisons d'Alsace) qui avait son bureau à cent mètres du n°18 (15 rue des Juifs, chez Istra). Il accepta (ne me connaissait pas) mon premier article, ça portait sur le manoir du Sturmhof qui, place St-Thomas, avait reçu Calvin & Jean Sturm & que menaçait alors la pioche des démolisseurs…

J'ai donc vécu de ma dixième à ma vingtième année dans ce taudis du 18 rue des Sœurs (la cuisine, servant aussi de… salle-de-bains, n'était éclairée que d'une lucarne). Pas d'eau chaude. Ma sœur dormait dans un couloir (un passage entre la salle-à-manger & l'escalier de l'immeuble). Moi, dans une pièce qui donnait elle aussi sur l'entrée, qu'éclairait la cour… On n'invitait jamais (très rarement) personne. Se rendait pas compte. Repoussait la repeinture générale, de saison en saison (on n'était arrivés ici qu'en provisoire « pour deux ou trois mois »)…

Ma mère qui avait trente-cinq ans ne décidait rien (tombée veuve à vingt-trois ans). Lui, l'Odon, ne se sentit jamais « le » chef de meute : n'entreprit rien. N'avait nul ami intime… Sa mère névrosée. Son grand-père (disait-on) suicidé. Passa les cinquante-sept années de sa vie à regretter jour & nuit l'avant-1914 c'est-à-dire « la Belle Époque » (il avait huit ans à l'entrée en guerre) & sa grand-mère Bibesco (épouse Montesquiou) qui venait d'une lignée de princes régnants en Roumanie.

Ça s'est hélas mal passé, ma sœur et moi, d'avec cet éventuel futur pseudo-beau-père plutôt bizarre & asocial & fantomatique… dès sa première venue à Lingolsheim rue Laurent-Heydt (en 1947, selon moi) *blocage & coups de pied : j'avais quatre ans. Puis rien… jusqu'au 11 mars 1963 : il ne me parlait pas, je ne le regardais pas (bloqué). D'ailleurs il ne s'adressait à ses artisans ou à mes grands-parents « que » maladroitement : comme à côté de la plaque.*

Jamais (ni de ma mère…) je ne fus questionné, sollicité, encouragé!… Pas même (ni l'un ni l'autre) cinq minutes!… Tout allait de soi!… (le lycée Kléber pour moi & pour ma sœur la Doctrine-Chrétienne, rue Brûlée). À table deux fois le jour, on ne parlait de rien (sauf le concret : la soupe aux légumes ou bien le rôti lardé…) il y avait Radio-Luxembourg qui « remplissait »… Les feuilletons de Zappy Max, la chronique politique de Jean Grand-Mougin ou Geneviève Tabouis… « Attendez-vous à savoir que Moscou va… & Washington dira… »

Dès l'automne 1955 j'écrivais (un petit roman sur le Paris de Philippe-le-Bel). Personne (ni ma mère ni l'Odon) ne s'y intéressa. Le lycée allait de soi : je n'ai jamais eu à raconter ce que j'y faisais. Mon avenir lui aussi : Sera professeur comme son père. Et mon grand-père qui approuvait : si tu veux écrire, tu auras toutes les vacances!… Ah oui…

Pour sortir de cette misère morale (qui totalement s'ignorait) je n'avais guère le choix (mon âme isolée dans la citerne d'un désert…) : ou bien mal tourner (c'était quasi impossible : j'étais la douceur-même) ou bien s'élancer dans l'imaginaire (gommer les murs & les affreux papiers-peints)!!…

*Ce que je fis… Ma sœur lisait beaucoup (les tout premiers livres de poche). Elle écrivait quelques poésies (dans un cahier noir, qui a hélas disparu) & elle gagna même, une fois, le concours de poésie organisé par Radio-Strasbourg (installée alors dans l'actuel Musée Ungerer, qui est en face d'où j'écris) & elle assista (moi aussi) à une réunion de l'*AJPA *(Association de la jeunesse poétique d'Alsace) fondée par le futur pasteur Gérard Dagon, séance qui se fit dans je ne sais plus quel café de Strasbourg & nous reçûmes par la suite une anthologie imprimée (avec une préface d'Albert Schweitzer).*

Je ne crois pas qu'Anne-Marie avait un texte d'elle dedans & ce livre brillait pour moi comme d'une célébrité certaine, laquelle me sauverait!… La presse & la radio faisaient alors grand cas d'une enfant prodige, nommée Minou Drouet & aussi (avant ou après…) d'une romancière de génie : Françoise Sagan. Ça me galvanisait.

La poésie je n'y toucherai moi-même que plus tard, beaucoup plus tard, du côté de 1966 ou 1968 (excité par le si facile succès du premier recueil de Jean-Claude Walter, né en 1940 : Le Sismographe appliqué, paru chez Flammarion). J'ai souvenir d'un long poëme (à la prosaïque) sur la mort d'un papillon réfugié dans nos rideaux (c'était encor « à la » rue des Sœurs) que nous ne quittâmes, ma mère & moi qu'un peu après le mois de mai 1968 (on emménagea rue de Verdun n°4) :

j'ai conservé ledit papillon (paon-du-jour) agrafé à ce poème.

Ma sœur fut hélas (très) maltraitée, rue des Sœurs n°18. Et moi, quasi à l'abandon, flottais-je là-dedans comme si médusé (sidéré), le père martyrisé & cette inertie (là) sous mes yeux chaque jour?... Il n'y avait que l'éclaircie — chaque été, 90 jours — de l'immense château de Courtanvaux où — dès 1952 ou 1953 — tous les quatre vivions comme d'un rêve éveillé!... Une centaine de chambres — une bibliothèque à chaque pas — le petit bottillon blanc de l'Aiglon (gouverné par une dame Montesquiou) & les poëmes manuscrits d'Anatole de Montesquiou & ceux si biscornus de l'incroyable Comte Robert, le parrain formateur de Marcel Proust!... En 1963, à la mort de l'Odon, il n'y avait au fond que quarante années que Proust était mort.

J'ai donc été paroissien de ce Kathédrali... de ma dixième à ma vingt-cinquième année (1968), allant à la messe d'onze heures le dimanche, du moins les primes années. On vivait tout près du portail Saint-Laurent (une centaine de mètres) il fallait juste remonter toute la rue des Frères & le long du Grand Séminaire.

Elle écrasait forcément tout, cette énorme Cathédrale de Strasbourg!... Elle imprégnait l'air & « la » mentalité à toute heure du jour & de la nuit (le bourdon de 22 heures). Son curé Mgr. Eugène Fischer (ex-ami de mon père) vint nous rendre visite une ou deux fois : il respirait (à tous les sens du mot) une odeur de sainteté. C'était un prêtre merveilleux, très austère & bienveillant. Qu'aurait-il pu faire pour nous ?...

Et maintenant je l'ai encore « dans ma main » : ce poëme jamais vu appelé Kathédrali va-t-il paraître ?
Si la guerre (Trump & la Corée) devait éclater (comme en 39 & comme en 14) mais beaucoup pire, alors à quoi serviraient ces choses-ci : savoir qu'à Strasbouri vivait l'un des plus puissants poètes qu'ait connus la francophonie. Et alors ?... Il se peut que la Cathédrale elle-même ne survive pas à cela qui vient !... Elle tombera, écrasant qui & quoi ?...

JPK

L'auteur

Jean-Paul Klée est né à Strasbourg, dans une ville bombardée, le 5 juin 1943. Après des études littéraires à l'Université de Strasbourg, où il reçoit le rayonnement de Jean Gaulmier, il se dirige vers l'enseignement. En 1970 paraît son premier recueil, L'Été l'éternité, avec une préface de Claude Vigée. Professeur de lettres à Saverne de 1971 à 1979, il lit l'ensemble de la poésie alsacienne depuis le début du XXe siècle tout en collaborant à de nombreuses revues.

Militant de l'écologie dès 1977, il a sacrifié dix ans de sa vie, mais aussi sa carrière d'enseignant, à dénoncer les dangers des lycées « Pailleron ». Son action auprès des médias sur ce scandale caché lui vaut d'être incarcéré à Fresnes en 1989, puis radié à vie de l'Éducation nationale en 1991. Il continue plus que jamais de se dresser contre les douleurs de ce temps d'agonie universelle. Opposant historique à la centrale de Fessenheim, il milite contre la pauvreté, la pollution industrielle et les initiatives maléfiques du président Trump. Bref, l'oppression de l'homme par l'homme.

Marié en 1980, il divorce cinq ans plus tard. Après de brefs séjours à Jérusalem, Casablanca, Boulogne-sur-Mer, Paris et Obernai, il est revenu vivre à Strasbourg, ville qu'il a maintes fois célébrée. C'est aussi là que naquit et se développa (à partir de 1999) son amitié avec l'écrivain Olivier Larizza. Elle donna lieu à des milliers de pages d'écriture, pour l'essentiel encore inédites, comme une grande partie de son œuvre pourtant déjà reconnue par les connaisseurs (Klée reçut notamment en 2008 le Prix de poésie Claude Vigée). Chez Andersen on découvrira deux livres en prose d'une grande finesse : Manoir des mélancolies *et* Les Charmes de Baden-Baden.

Jean-Paul Klée
photographié par Reha Yünlüel

Tabula Gratulatoria

Les éditions Andersen et Jean-Paul Klée adressent leurs plus chaleureux remerciements aux donateurs qui ont bien voulu soutenir cette publication suite à un appel à *crowdfunding*. Par ordre alphabétique :

Jean BELLARDY

Claude BILLON

Anne de DADELSEN

Thierry DELORME

Georges FEDERMANN

Michel FIX

Max GENÈVE

Jean-Marie HUMMEL
(avec Léopoldine HH & Liselotte Hamm)

Bernard JURTH

Marie-Jeanne LANGROGNET

Jean-Claude Meyer

Raymond Minni

Yves Moulin

Marie Otmesguine

Lambert Schlechter

Jean-Paul Schneck

Cyrille Schott

Jacques Stoll

Vincent Wahl

Jean-Paul Welterlen

Le Foyer de l'Étudiant Catholique
(avec Étienne Troestler & Jean-Luc Hiebel)

La Revue Alsacienne de Littérature
(avec Marie-Thérèse Wackenheim)

Table

Disponible chez Andersen

Laurent BAYART
À pleins poumons (Confidences)
Les Charmes du Val-d'Ajol (Évasion)

Joseph CONRAD, Stéphane GOUNEL
Le Comte (Confidences)

Michel Herland
La Mutine (Veracity)

Jean-Paul KLÉE
Kathédrali (Confidences)
Manoir des mélancolies (Confidences)

Olivier LARIZZA
L'Exil (Confidences)
L'Entre-deux (Confidences)
Nouvel An à Bruxelles (Évasion)
Le Best-seller de la rentrée littéraire (Humour)

Claudine MALRAISON
La Grange aux souvenirs (Confidences)

Elsa NAGEL
Le vent de Tanger rend fou (Évasion)

Gérard de NERVAL, Jean-Paul KLÉE, Olivier LARIZZA
Les Charmes de Baden-Baden (Évasion)

Pierre THIRIET
Mission impassible (Humour)

Pierre ZEIDLER
La flemme est l'avenir de l'homme (Humour)

Imprimé en Allemagne
sur du papier écoresponsable labellisé FSC
pour le compte d'Andersen & co (Paris – VIIIᵉ)
www.andersen-editions.com
Dépôt légal : août 2018